AF308591

HISTOIRE

DE L'INTRÉPIDE

CAPITAINE CASTAGNETTE

V²
Réserve.

PARIS. — IMPRIMERIE DE CH. LAHURE ET Cie
Rue de Fleurus, 9

HISTOIRE

AUSSI INTÉRESSANTE QU'INVRAISEMBLABLE

DE L'INTRÉPIDE

CAPITAINE CASTAGNETTE

NEVEU DE

L'HOMME A LA TÊTE DE BOIS

PAR MANUEL

ILLUSTRÉE DE 43 VIGNETTES SUR BOIS
PAR GUSTAVE DORÉ

Et Mars ne lui laissa rien d'entier que le cœur.

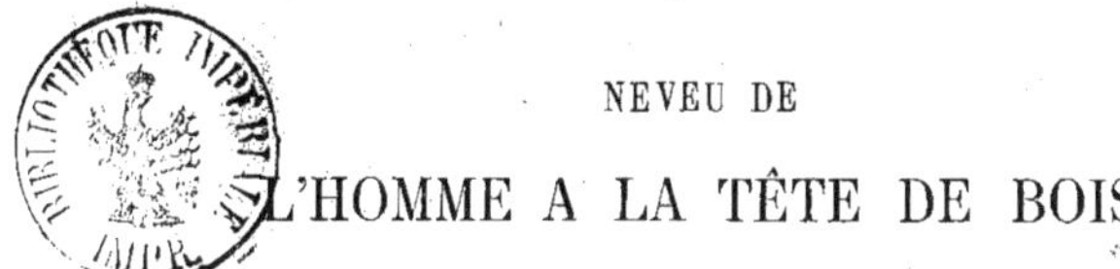

PARIS

LIBRAIRIE DE L. HACHETTE ET CIE

RUE PIERRE-SARRAZIN, 14

1862

Droit de traduction reservé

1861

BIBLIOTHÈQUE IMPÉRIALE IMP^{LE}

AVANT-PROPOS.

*Il n'y a pas un seul d'entre vous, mes amis, qui n'ait en-
tendu parler de* l'homme à la tête de bois. *Dans ma jeunesse,
je suis allé plusieurs fois aux Invalides pour voir ce brave
entre les plus braves; mais une fatalité dont il m'est impossible
de me rendre compte m'a toujours empéché de le rencontrer.*

*L'homme à la téte de bois était, m'a-t-on assuré, très-mau-
vaise téte; il aimait passionnément le jeu de boules, et presque
tous les jours, sur l'esplanade, on le voyait se quereller avec
ses anciens compagnons d'armes. C'est sans doute ce qui l'a*

décidé, en mourant, à leur léguer cette tête si précieuse, leur demandant de s'en servir en mémoire de lui. Il voulait, par ce moyen, prendre part, même après sa mort, à son jeu favori.

C'est l'histoire du brave capitaine Castagnette, neveu de l'homme à la tête de bois, que je vais vous raconter.

I

1770-1793.

Castagnette (Paul-Mathurin) naquit à Paris, le 15 août 1770, juste un an après celui qui fut plus tard l'empereur Napoléon Ier. Il suivit de près toutes les scènes sanglantes de la Révolution, ce qui le rendit très-philosophe. Il avait tant vu souffrir qu'il avait fini par s'accommoder de tout. Ce n'est pas que le sort le favorisât, au moins; à quinze ans, il était tombé trois fois par la fenêtre, deux fois dans un puits et quatre fois dans la rivière. Un de ses camarades lui creva un œil d'un coup de poing, parce qu'il n'avait pas voulu jeter de pierres à Marie-Antoinette, que l'on conduisait à l'échafaud (16 octobre 1793). « Bah! dit-il en rentrant borgne chez lui, je louchais quand j'avais deux yeux, je suis bien certain maintenant de ne plus loucher. »

II

SIÉGE DE TOULON.

1793.

En 1793, Castagnette, fatigué d'assister aux fêtes sanglantes de la République, résolut de se faire soldat et d'aller rejoindre son oncle, alors sergent dans le fameux régiment des sans-culottes. N'allez pas croire au moins, mes enfants, que les sans-culottes étaient des Écossais; non : on appelait ainsi les républicains les plus enragés, à cause de la négligence qu'ils affectaient dans leur costume.

Castagnette partit pour Toulon et se présenta au général Bonaparte, qui l'admit dans le bataillon de la Côte-d'Or.

Le 17 décembre, à l'assaut du Petit-Gibraltar, il fit des prodiges de valeur et s'exposa si bien, qu'un boulet anglais lui emporta le bras gauche. En passant près de l'ambulance dans laquelle on avait déposé le pauvre conscrit, le général Bonaparte remarqua sa nouvelle recrue.

« Comment! te voilà déjà hors de combat?

— Pas encore, mon général; tant que je pourrai tenir une arme, je servirai mon pays.

— Quel âge as-tu?

— Vingt-trois ans.

— Je te plains de tout mon cœur d'être ainsi mutilé.

— C'est bien de la bonté de votre part, mon général; mais vous n'avez pas besoin de me plaindre tant que cela, parce que, voyez-vous, j'avais un diable de rhumatisme dans le bras gauche, et du coup le voilà guéri.

— Capitaine, dit Bonaparte en se tournant vers un de ses aides de camp, vous ferez attacher un galon de sergent sur la manche de ce brave garçon; ça lui vaudra mieux qu'un emplâtre. »

III

ARCOLE.

15, 16 et 17 novembre 1796.

Trois ans plus tard, à Arcole, Castagnette se fit encore remarquer par son général en chef.

Vous avez tous vu, mes enfants, de belles images représentant l'attaque du pont d'Arcole. Bonaparte, tenant un drapeau d'une main ferme, s'élance, au milieu d'une grêle de balles, à la tête de ses troupes; le général Lannes reçoit trois blessures en le couvrant de son corps; son aide de camp, Muiron, qui lui a déjà sauvé la vie au siége de Toulon, est tué à ses côtés; les braves grenadiers d'Augereau hésitent devant cette pluie de mitraille : c'est là que le pauvre Castagnette eut les deux jambes emportées par le boulet qui tua Muiron.

Bonaparte ayant décidé qu'on évacuerait Arcole le soir même, on plaça le pauvre sergent dans une charrette avec d'autres blessés.

« Comment! te voilà encore? dit à Castagnette Bonaparte qui faisait sa ronde.

— Comme vous voyez, mon général. Cette fois-ci, c'est dans les jambes : un voleur de boulet me les a emportées. C'est bien fait, du reste; il n'y a rien qui n'ait son bon côté.

— Comment cela ?

— C'est que, voyez-vous, je crois bien que, sans ce petit accident, j'allais reculer devant le feu. Mon boulet m'a empêché d'être un lâche; ça vaut bien un remercîment.

— C'est avec des lâches comme toi qu'on gagne des batailles. Tu me fais l'effet d'un brave garçon, et je regrette de n'avoir pas pu te faire faire ton chemin. Mais te voilà obligé de quitter le service.

— Moi, quitter le service, mon général! On voit bien que vous ne me connaissez pas. Avec votre permission, je continuerai la campagne à cheval avec mes deux jambes de bois.

— Tu es vraiment un brave soldat. Quand tu seras hors de danger, viens me demander une épaulette, je te la donnerai. »

Trois mois après, Castagnette avait une épaulette d'argent de plus, mais un œil, un bras et deux jambes de moins.

C'est là que le pauvre Castagnette eut les deux jambes emportées par le boulet qui tua Muiron. (Page 9.)

IV

PAQUES VÉNITIENNES.

Mai 1797.

Lors des massacres de Vérone, Castagnette fut laissé pour
mort sur la place. Quand on le releva, au bout de quelques
heures, on ne le reconnut qu'à ses deux jambes de bois. Un
coup de sabre lui avait enlevé tout le visage; il ne lui restait.
plus rien ni du front, ni des yeux, ni du nez, ni des joues, ni

des lèvres, ni du menton. Lorsqu'au bout de quelques jours de soins, il se vit dans la glace, il ne put s'empêcher d'éclater de rire.

« Il faut avouer que j'ai une singulière figure, et vraiment voilà qui est fait pour moi. Le destin ne se lasse pas de me combler. Je louchais, on me crève un œil; j'avais un rhumatisme dans l'épaule gauche, un boulet me coupe le bras; j'allais bouder au feu, et voilà que la mitraille, en m'enlevant les deux jambes, m'ôte les moyens de fuir, et, bon gré mal gré, fait de moi un héros; j'étais désolé de n'avoir que cinq pieds quatre pouces, et me voilà perché sur des échasses d'ordonnance qui font de moi un gaillard de six pieds; enfin mon nez était crochu, ma bouche était ridicule, mon menton était difforme, et voilà qu'un coup de sabre m'enlève tout cela à la fois. Je vais pouvoir me commander une tête suivant mes goûts, et je n'aurai plus ma barbe à faire. »

Peu de temps après, Castagnette avait un visage de cire qui lui donnait l'air d'avoir vingt ans, et il partait pour l'Égypte.

V

CAMPAGNE D'ÉGYPTE.

1798-1799.

Pendant quelque temps, la fortune sembla vouloir abandonner le brave lieutenant; il ne reçut aucune blessure; mais, en traversant le désert, sa figure de cire fondit. C'est dans cet état que Bonaparte le rencontra.

« Est-ce toi, mon pauvre Casta nette? Comme te voilà fait! »

Le pauvre diable conta sa mésaventure à son général.

« Eh bien! si nous arrivons l'un et l'autre au Caire, je te donnerai de quoi t'acheter un visage d'argent. »

Le 25 juillet, l'armée faisait son entrée au Caire; le 26, Castagnette frappait à la porte du général Bonaparte.

« Mon général, je viens pour la tête que vous avez bien voulu me promettre.

— Tu l'auras, et plus belle que tu ne penses; mais il faut le temps de la faire : dans quelques jours, je te la remettrai. »

En effet.

Quinze jours après, le général Bonaparte passait une grande revue.

« Voilà un paroissien qui me fait l'effet d'oublier ses promesses, et mon visage est serré dans le sac aux oublies. »

Vous allez voir, mes enfants, si Castagnette se trompait.

Un roulement de tambours annonça que le général allait parler. Il y avait là dix mille hommes, et cependant on eût entendu éternuer une mouche. Bonaparte fit sortir le lieutenant des rangs, et là, en présence de tous ces braves, il lui dit :

« Lieutenant, vous avez trouvé moyen de vous faire remarquer par votre bravoure, et ce n'était pas chose facile, entouré comme vous l'étiez. Vos camarades, désirant vous donner une marque de leur affectueuse admiration, m'ont demandé de vous remettre en leur nom ce *visage d'honneur,* qui remplacera celui que le soleil d'Égypte vous a fait perdre. Approchez ! »

Castagnette sentait ses jambes de bois trembler comme deux baguettes de tambour qui exécutent un roulement, et il serait tombé sur le nez, s'il en avait eu un et s'il n'avait pas été à cheval.

C'est au bruit des vivat de l'armée entière que le brave officier reçut un magnifique visage d'argent damasquiné. Sur le front étaient écrits ces mots :

A CASTAGNETTE, L'ARMÉE D'ÉGYPTE.

Les lèvres étaient de corail rose, les yeux de saphir, le nez était parsemé de rubis, les dents étaient de belles perles fines, et sur les joues étaient inscrits en lettres d'or les noms des batailles dans lesquelles Castagnette s'était distingué.

Mais quelles ne furent pas sa surprise et son émotion lorsqu'il entendit un nouveau roulement de tambours, et qu'il vit son colonel s'avancer et prononcer ces mots d'une voix éclatante :

« Au nom de la République, vous reconnaîtrez le lieutenant Castagnette pour capitaine dans votre régiment! »

En entendant ces mots, notre héros devint pâle et tremblant comme une jeune fille qui va pour la première fois à confesse. Il dut descendre de cheval : ce fut le plus beau jour de sa vie.

VI

PESTE DE JAFFA.

1799.

C'est à l'hôpital de Jaffa que nous retrouvons le brave Castagnette. La peste fait d'effroyables ravages; l'armée est décimée par cet épouvantable fléau, qui semble prendre à tâche de venger les Turcs. Où la mitraille a été impuissante, la peste triomphe; invisible ennemie, elle frappe de tous les côtés à la fois. C'est un spectacle navrant que celui de ce trop célèbre hôpital de Jaffa, et il faut avoir plus que du courage pour y entrer.

Bonaparte cependant, accompagné des généraux Bessières et Berthier, de l'ordonnateur Daure et du médecin en chef Des-

genettes, parle aux plus malades et touche leurs plaies, pour les encourager.

Il aperçoit Castagnette et s'approche de lui.

« Ah çà, mon pauvre garçon, je te trouverai donc dans toutes les ambulances? Tu me parais gravement atteint.

— Ma foi, mon général, je crois bien, en effet, que j'ai mon compte cette fois-ci. C'est triste, tout de même, d'avoir semé ses membres un peu partout sur les champs de bataille, et de mourir à l'hospice comme un bourgeois.

— Desgenettes, dit Bonaparte au médecin en chef, qui se

tenait près de lui, faites tout ce que vous pourrez pour sauver cet homme : c'est un de mes plus braves officiers, et je tiens à lui. Vous m'entendez! »

Et Bonaparte passa après avoir serré la main du pestiféré.

Une heure après, Desgenettes revint auprès de Castagnette et lui dit :

« Je ne dois pas vous dissimuler, mon brave, que vous n'avez plus que peu d'instants à vivre. Il vous reste à peine une chance

d'être sauvé, et encore faudrait-il vous faire une opération qui n'a jamais été faite et qui ferait reculer les plus intrépides.

— De quoi donc s'agit-il?

— De vous changer l'estomac.

— Ce n'est que cela? Allez-y, docteur : le coquin m'a trop fait souffrir pour que je tienne à lui.

— Vous êtes bien décidé?

— Parbleu!

— Eh bien! nous allons rire, » reprit Desgenettes en sortant sa trousse et en appelant ses aides. La vue seule des bistouris, ciseaux, scalpels, scies, lancettes, etc., que le docteur étala devant lui, aurait fait reculer les plus résolus. Castagnette ne broncha pas, et c'est en sifflant *la Marseillaise* qu'il reçut le premier coup de bistouri. Une heure après, il avait l'estomac doublé de cuir; il était sauvé!

VII

RETOUR DE BONAPARTE EN FRANCE.

1799 (17 vendémiaire an VIII, 18 brumaire). .

Le 22 août, Bonaparte annonça à l'armée, par une proclamation, qu'il retournait en France et qu'il laissait le commandement au général Kléber. La consternation de Castagnette fut grande en apprenant le départ de son héros favori; il lui semblait que la France était perdue pour lui; aussi demanda-t-il à l'accompagner, prétextant l'état de sa santé altérée par tant de graves blessures. Bonaparte y consentit, et, le 9 octobre (17 vendémiaire an VIII), la flottille qui les ramenait en France mouillait à Fréjus, après un voyage de quarante et un jours sur une mer couverte de vaisseaux ennemis. Le 16, Castagnette arrivait à Paris, après avoir assisté aux réceptions triomphales faites à son général, à Aix, à Avignon, à Valence et surtout à Lyon. Partout, le visage resplendissant de notre capitaine appelait sur lui l'admiration générale, et plusieurs fois Berthier, chef d'état-major du triomphateur, ne put s'empêcher d'être un peu jaloux de l'accueil fait à son inférieur.

Bonaparte trouva, en arrivant à Paris, les masses enthousiastes et le gouvernement hostile. Il résolut de reprendre la vie retirée qu'il avait adoptée déjà après le siége de Toulon et à la suite du traité de Campo-Formio. Il ne voyait que des savants et quelques intimes dévoués corps et âme à sa personne, parmi lesquels se trouvait en première ligne notre ami Castagnette.

Le pauvre capitaine se consacrait tout entier à celui dans lequel il voyait déjà le futur maître du monde. Aucun sacrifice ne lui coûtait pour assurer l'avénement de son héros; il mettait tant de discrète insistance à offrir ses services, qu'il semblait être l'obligé de celui qu'il obligeait. Il n'était cependant pas riche, notre brave ami. Il vendit l'une après l'autre toutes les perles de sa mâchoire, et les remplaça par des perles et des pierres fausses. Quand Bonaparte l'interrogeait sur ces ressources inconnues, Castagnette parlait d'envois d'argent que lui faisait sa famille, lorsque c'était, au contraire, lui qui la soutenait à force d'économies et de privations. Il assista ainsi aux grands événements qui préparaient l'Empire, apportant son grain de sable à l'édifice que construisait Bonaparte.

Le 18 brumaire, il accompagnait Murat, lorsqu'à la tête des grenadiers, il fit évacuer la salle des Cinq-Cents, et reçut dans l'estomac, en couvrant Bonaparte de son corps, un coup de poignard si violent, qu'il retrouva le soir, en se couchant, la lame brisée dans son gilet.

Notre ami n'éprouva rien d'abord qu'un peu de suffocation; mais petit à petit, l'air lui manqua davantage, il se sentit envahir par le froid, un sifflement prolongé se fit entendre.... le malheureux avait une fuite dans l'estomac.

Un autre eût perdu la tête, mais Castagnette ne la perdait pas pour si peu. Il prit son mouchoir et l'introduisit dans la

blessure, pour empêcher l'air de sortir, puis il se rendit chez un cordonnier de ses amis, à l'enseigne de la Botte secrète; il choisit un morceau de peau de chevreau couleur *col de nymphe émue,* ce qui était la nuance la plus à la mode à cette époque, et le fit coudre sur la plaie. Combien il bénit Desgenettes en se sentant complétement soulagé! Il ne souffrit de cette blessure que plus tard, en vieillissant, lorsque le temps était orageux.

Ce n'est que quelques mois après que Bonaparte, devenu consul, apprit les sacrifices que Castagnette s'était imposés pour lui et le dévouement dont il avait fait preuve, et qui avait failli lui coûter la vie.

« Comment se fait-il, mon brave, que tu ne m'aies jamais rien demandé? De toutes parts, j'escompte des dévouements qui se font payer fort cher, tandis que tu m'as livré ton sang et tes faibles ressources sans jamais rien paraître désirer.

— C'est que, voyez-vous, mon général, vous êtes un dieu pour moi, et que je trouve tout simple de payer les frais du culte. Une poignée de main de vous me rend plus heureux que tous les grades et les titres. Et puis, vous auriez là un beau colonel, ma foi! Me voyez-vous à la tête d'un régiment avec mon masque et mes jambes de bois?

— Enfin ne puis-je donc rien te promettre?

— Oh! si fait, mon général; vous pouvez même me rendre bien heureux. Promettez-moi de ne jamais me rayer des cadres de l'armée active, quelque impotent que je devienne. Permettez au pauvre capitaine Castagnette d'aller se faire tuer pour vous sur un champ de bataille. Retirez-moi mes épaulettes, si je ne suis plus en état de commander, mais laissez-moi toujours vous suivre, non pas dans les palais qui vont devenir vos habitations ordinaires, mais sur les champs de bataille, où je vous serai toujours bon à quelque chose, ne fût-ce qu'en recevant une balle qui vous aurait enlevé un serviteur plus ingambe et plus utile que votre pauvre Castagnette. »

Bonaparte se sentit ému, et quitta notre ami en se demandant s'il y aurait quelque chose d'impossible à celui qui gouvernerait de tels hommes.

VIII

MARENGO; HOHENLINDEN; ULM; AUSTERLITZ; IÉNA; EYLAU; FRIEDLAND.

14 juin 1800; 3 décembre 1800; 17 octobre 1805; 2 décembre 1805; 14 octobre 1806 ; 8 février 1807; 14 juin 1807.

C'est triste à dire, mes enfants, mais Bonaparte ne revit plus son ami des mauvais jours que lorsque les mauvais jours revinrent; non qu'il fût oublieux, — il a bien prouvé le contraire, —

mais parce qu'il était absorbé par les soins de son gouvernement, et que, plus il devenait puissant, plus Castagnette se tenait à l'écart.

Notre ami se distingua à Marengo, à Hohenlinden, à Ulm,
où il eut un cheval tué sous lui. La veille de la bataille d'Austerlitz, c'est lui qui prépara incognito à son ancien ami, devenu
empereur, la réception devenue fameuse que lui firent les grenadiers de la garde, et qui alluma le premier des feux de paille
qui éclairèrent cette promenade triomphale.

A Austerlitz, il fit des prodiges de valeur; mais ses ennemis
mourants connaissaient seuls ses hauts faits, dont il eût trouvé
indigne de lui de se faire le narrateur. Partout : à Iéna, à Eylau,
à Friedland, il fit la guerre en chasseur, pour satisfaire une
passion.

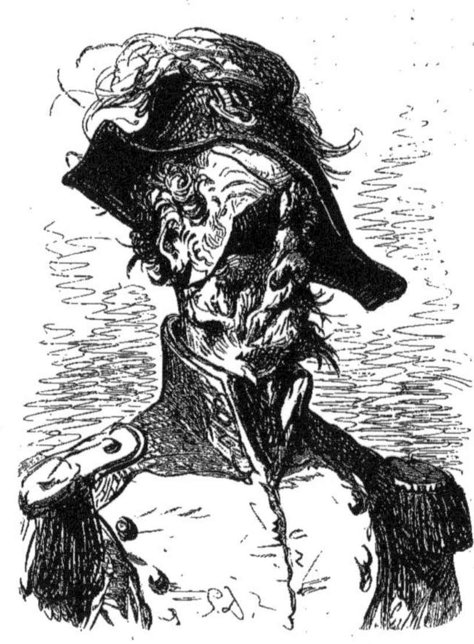

Il faut que je vous conte, mes enfants, à quoi Barnabé Castagnette, dit : *l'homme à la tête de bois,* dut le surnom sous lequel il devint si populaire.

« Ah çà, mon oncle! lui dit un jour le capitaine, vous maigrissez à vue d'œil; vous avez la mine et la tristesse du coucou; si cela continue, vous deviendrez étique. Il faut que vous me disiez la cause de ce changement-là.

— C'est des bêtises que tu ne comprendrais pas.

— Des bêtises ne peuvent pas démolir un homme comme cela. Est-ce parce que vous n'êtes encore que sergent, après tant d'actions d'éclat?

— Je n'ai fait que mon devoir; ne parlons pas de cela.

— Sont-ce vos blessures qui vous font souffrir?

— Est-ce que je m'occupe de si peu de chose? non. Mais, puisque tu veux que je te dise la vérité, la voilà : j'ai demandé la main d'une jeunesse qui ne veut pas de moi, sous prétexte

que j'ai six coups de sabre sur la figure, et qu'on ne sait plus trop distinguer comment j'avais le nez fait.

— Mais c'est glorieux ça, cependant.

— C'est possible, mais ça n'est pas joli, à ce qu'il paraît. De plus, elle m'a dit qu'elle ne voulait épouser qu'un blond, et mes cheveux sont gris comme la queue de mon cheval. »

Castagnette devint tout pensif en entendant le récit des chagrins de son oncle. Il l'aimait beaucoup, et aucun sacrifice ne lui eût coûté pour assurer son bonheur; aussi un matin il alla trouver Desgenettes et lui dit :

« Docteur, vous qui m'avez si bien remis à neuf, est-ce que vous ne pourriez pas un peu rafistoler mon oncle?

— Qu'est-ce qu'il a, ton oncle?

— Six coups de sabre sur la figure, un œil crevé et les cheveux gris.

— Eh bien?

— Il voudrait n'avoir que vingt-cinq ans, les cheveux blonds, les lèvres roses et de petites moustaches en croc, histoire d'épouser une jeunesse qui le trouve trop laid pour le quart d'heure.

— Ce que tu me demandes est difficile, mais j'ai fait plus fort que cela. Seulement, je ne sais vraiment pas pour qui tu me prends, en m'offrant de raccommoder ton oncle. Est-ce que tu crois que je travaille dans le vieux comme un savetier? Je ne fais que du neuf, entends-tu bien? Dis à ton oncle que je puis lui changer la tête; quant à la remettre à neuf, ce n'est pas mon affaire.

— Ce sera-t-il très-cher?

— Cela dépend. Dis-lui qu'en argent, cela reviendra bien à six mille francs; c'est coûteux et c'est lourd. Je lui conseillerais plutôt le buis : pour cinq cents francs, on peut avoir une tête très-présentable, avec les cheveux en soie, les yeux en émail et les dents en hippopotame.

— Les cheveux seront blonds?

— S'il y tient.

— Il aura de petites moustaches?

— En croc.

— Il aura l'air d'avoir vingt-cinq ans?

— Quatorze, s'il le préfère; c'est le même prix.

— Eh bien, préparez-lui une tête pour jeudi prochain. Je vous l'amènerai. Soignez cela comme pour moi.

— N'aie donc pas peur! »

Castagnette tout joyeux alla, en sortant de chez Desgenettes, trouver un orfévre, qui lui acheta son œil droit cinq cents francs, et qui lui fournit un faux saphir pour le remplacer; puis il alla trouver son oncle :

« Vous pouvez engraisser, mon oncle; vous épouserez votre particulière.

— Comment cela?

— Dans huit jours, vous aurez vingt-cinq ans.

— Tu veux dire cinquante-cinq.

— Je veux dire ce que je dis; et, de plus, vous aurez les cheveux blonds.

— Blonds?

— Avec de petites moustaches en croc et les lèvres roses. Seulement, il faut vous laisser couper la tête.

— Oh! oh! cela mérite réflexion.

— Votre tête est commandée, et à jeudi la pose. »

En effet, le jeudi suivant, l'oncle et le neveu se rendirent

chez Desgenettes à l'heure indiquée. La tête était sur la chemi-
née, souriante et couverte d'une forêt de cheveux blonds à faire
envie à une Suédoise. Barnabé, qui hésitait un peu en se ren-

dant chez le chirurgien, n'y
tint plus à la vue d'un pareil
chef-d'œuvre.

« Quoi! cette tête pour-
rait être la mienne?

— A tout jamais.

— Vite, docteur, faites-moi
l'extraction de cette horreur
que j'ai sur les épaules; il me
tarde de n'avoir que vingt-
cinq ans. »

Vous n'espérez pas, mes
enfants, que je vous fasse la
description de l'opération chi-
rurgicale que Barnabé eut à subir; elle fut d'ailleurs si vite
faite que le patient s'en aperçut à peine : le temps de scier le
crâne, d'en enlever le sommet comme le couvercle d'un vol-
au-vent, d'en prendre la cervelle avec une cuiller et de la re-
porter dans la tête nouvelle, de couper le cou, de remplacer la
tête par celle de buis, de coudre le tout, de mettre un clou
d'argent par-ci, un clou d'argent par-là; ce fut moins long à
faire qu'à raconter.

Quand Barnabé se regarda dans la glace, il jeta un cri d'admiration.

« Pas d'imprudence! lui dit le docteur : portez un cache-nez

Un mois après, Barnabé épousait celle qu'il aimait. (Page 35.)

pendant huit jours, ou, sans cela, vous auriez d'affreux maux de gorge et des rages de dents. »

Un mois après, Barnabé épousait celle qu'il aimait, et Castagnette, enrubanné comme un mât de Cocagne, disait à sa nouvelle tante :

« N'allez pas lui faire perdre la tête de nouveau! On ne réussit pas toujours des opérations comme celle-là. »

X

ESSLING ET WAGRAM.

22 mai et 6 juillet 1809.

A Essling, le second jour, au lever du soleil, l'archiduc Charles dirige les efforts désespérés des masses autrichiennes. Les Français résistent à ces forces, infiniment supérieures en nombre, avec autant de fermeté et d'intrépidité que la veille. Napoléon prend l'offensive et enfonce le centre de la ligne ennemie. Le généralissime autrichien saisit le drapeau du régiment de Zach, et s'élance dans la mêlée pour ramener ses troupes au combat. Castagnette le voit, il se jette sur lui comme un lion, et finit, après avoir lutté seul contre dix, par enlever le drapeau. Que croyez-vous qu'il en fit, mes enfants? Vous auriez, à sa place, crié victoire, et vous l'auriez porté à l'Empereur, fier de renouer ainsi connaissance sur le champ de bataille avec un ancien ami devenu le maître du monde. Notre capitaine, lui, n'agit pas ainsi.

Son oncle (la fameuse tête de bois) combattait à ses côtés. Le pauvre homme n'avait pas eu de chance; malgré son cou-

Castaguette à Wagram. (Page 37.)

rage, il n'était encore que sergent. Castagnette lui donna son drapeau et lui dit :

« Tenez, mon oncle, vous êtes marié, père de famille, vous avez besoin d'avancement; moi, je suis garçon et je n'ai pas d'ambition; prenez ce drapeau, portez-le à l'Empereur, vous reviendrez avec l'épaulette, et ça flattera joliment ma tante d'avoir un mari officier. »

N'est-ce pas une noble action? et combien d'entre vous auraient agi ainsi?

A Wagram, son cheval l'emporte au milieu des rangs ennemis; il se trouve un moment seul et désarmé au centre des masses autrichiennes. Un coup de sabre lui déchire les entrailles sans lui faire de mal; une balle s'aplatit sur sa joue droite et lui enlève une oreille.

« Ah! brigands, s'écrie Castagnette furieux, vous en voulez à mes oreilles, vous abîmez mon visage d'honneur et déchirez de superbes boyaux de cuir verni, présents de mon ami Desgenettes.... Cela ne se passera pas comme cela. »

Il défait une de ses jambes de bois; elle devient dans sa main une arme terrible, et il rentre dans les rangs avec trois prisonniers.

XI

RETRAITE DE MOSCOU; PASSAGE DE LA BÉRÉSINA.

21 octobre 1812; 29 novembre 1812.

La fatale année 1812 arrivée, nous retrouvons notre héros sur les bords de la Bérésina.

Comme il ne lui restait qu'un bras, la poitrine et la cervelle, il avait fait le commencement de la campagne sans trop souffrir du froid.

Tandis que ses camarades avaient les pieds gelés, il bénissait ses jambes de bois; tandis que des milliers de martyrs mouraient de faim ou de maladie, il bénissait son estomac de cuir. Mais il lui arriva un grand malheur : son cheval fut emporté au gué de Stoudziancka, et il dut continuer sa route à pied.

Alors les forces lui manquèrent; il suivit quelque temps l'armée, mais il se trouva bientôt avec les traînards. Une dizaine de mutilés formèrent une triste arrière-garde : l'avant-garde de la mort.

Une dizaine de mutilés formèrent une triste arrière-garde. (Page 38.)

Ils essayèrent quelque temps de suivre les traces de leurs compagnons plus heureux, mais sans succès; ils tombèrent un à un sur la neige qui allait les recouvrir, et ceux qui continuaient leur route, les voyant de loin devenir la proie des loups, frissonnaient en pensant que c'était là le sort qui les attendait.

Castagnette se trouva seul à son tour dans ce désert glacé, sans force pour suivre son chemin, sans espoir d'être secouru, ne demandant plus à Dieu qu'une mort rapide. Il tomba dans la neige, et bientôt les corbeaux, ces cosaques de l'air, vinrent tournoyer autour de lui. Il fit tous ses efforts pour se relever; mais le froid l'envahit tout entier, et il eut bientôt perdu toute sensibilité.

Des oiseaux de proie vinrent en tournoyant se poser sur lui, comptant faire un bon repas. Quel ne fut pas leur désappointement en trouvant un visage d'argent, des jambes de bois et un estomac de cuir!

Une bande de cosaques, voyant de loin cette nuée de corbeaux s'abattre sur le sol, devina la présence d'un corps à dépouiller.

Ils arrivèrent au galop et entourèrent notre pauvre capitaine, après avoir chassé leurs rivaux ailés à coups de lance.

On lui prit d'abord ses armes; puis, comme il était couché la face contre terre, on le retourna pour s'assurer qu'il n'y avait pas autre chose à lui dérober.

Quelle ne fut pas la surprise et la joie de nos pillards en voyant son visage d'argent enrichi de pierreries.

Chacun voulant avoir un aussi riche butin, une dispute s'ensuivit, des coups s'échangèrent et prirent un tel caractère

d'acharnement, que, lorsqu'ils cessèrent, il ne restait plus qu'un seul cosaque vivant.

Celui-ci se jeta aussitôt sur sa proie; mais le visage tenait ferme, et il dut, pour s'en emparer, faire de tels efforts, qu'il tordit tant soit peu le cou à notre héros. Je vous assure, mes enfants, que tout autre que Castagnette eût succombé à une pareille épreuve.

Le cosaque tordit tant soit peu le cou à notre héros. (Page 42.)

Le cosaque remonta alors à cheval et s'éloigna au galop, laissant le malheureux officier, plus mutilé que jamais, enseveli sous les cadavres de ceux qui s'étaient battus pour le dévisager.

XII

Cette couverture humaine rappela peu à peu la chaleur dans son corps; la douleur que lui causait l'opération qu'il venait de subir le réveilla complétement. Il regarda autour de lui, et, en se rappelant l'horrible situation dans laquelle il se trouvait, il regretta de n'être pas mort. Il ne s'expliqua pas la présence de ces cadavres ennemis qui l'entouraient; il voulut se lever pour prendre à son tour les vêtements de ceux qui avaient voulu le dépouiller; mais quelle ne fut pas sa surprise, en voulant avancer, de reculer malgré lui; en voulant essuyer son visage, de passer les doigts dans ses cheveux!

Il ressentit des picotements à la gorge, il y porta la main et comprit tout.

Vous ne serez pas étonnés, mes enfants, si, par cinquante degrés de froid, un cou tordu reste tordu. Ce n'est qu'au printemps suivant, au moment du dégel, que le cou de notre héros reprit sa position première.

« Allons, se dit Castagnette résigné, ma pauvre tête a l'air d'être posée sur la pointe d'un tire-bouchon : c'est laid, mais, comme tout en ce monde, cela a son bon côté. Gare à ceux qui me poursuivront! je les défie bien maintenant de me surprendre par derrière. »

Il prit les vêtements les plus chauds des cosaques morts près de lui, et, sa toilette terminée, il avait tout à fait l'air d'un

kalmouck. Deux chevaux étaient restés près des cadavres de leurs maîtres, il en prit un pour son usage et tua l'autre pour son repas. Pauvre Castagnette! vous voyez, mes enfants, à quoi il en était réduit.

Il voulut s'élancer à cheval comme à son ordinaire, mais il se trouva le visage du côté de la croupe, ce qui l'obligea à monter à cheval à l'envers, pour se trouver à l'endroit.

Grâce à son costume, il traversa l'armée russe sans accidents. Lorsqu'on lui adressait la parole, il montrait son oreille emportée pour faire comprendre qu'il était sourd, et son visage mutilé pour indiquer qu'il était muet.

Arrivé près de la frontière polonaise, il entra, un soir, dans une cabane pour demander à souper. Un cosaque était déjà assis auprès du feu, attablé devant un excellent repas. Quand  il s'agit de le payer, Castagnette lui vit remettre à son hôtesse une perle fine.

« Oh! oh! voilà qui mérite attention, se dit-il. Cette perle n'aurait-elle pas habité ma mâchoire, et ce brigand ne serait-il pas mon voleur? »

Le capitaine laissa son souper inachevé en voyant partir le cosaque, et il lui offrit de faire route avec lui. L'offre fut acceptée et tous deux se mirent en chemin.

« J'ai bien envie de l'assommer, se disait Castagnette; il se peut que le drôle ne soit pas mon voleur, mais, dans tous les cas, c'est un de nos pillards et la mort sera la première chose qu'il n'aura pas volée. »

Castagnette ralentit un peu l'allure de son cheval, et, se trouvant à trois pas en arrière de son compagnon de voyage, il prit une hache qu'il avait trouvée pendue à l'arçon de sa selle, et vlan!... d'un seul coup il fendit le crâne du cosaque. Le malheureux tomba le nez sur le cou de sa monture, puis par terre. Castagnette se trouva aussi vite que lui à bas de son cheval. Fouiller sa victime ne fut pour lui que l'affaire d'un moment, et sa joie fut bien grande en retrouvant son visage d'honneur auquel il ne manquait encore que trois dents.

« Il faut avouer, tout de même, que j'ai une chance infernale! » se dit Castagnette en couvrant de baisers son visage, qu'il serra ensuite soigneusement dans sa poche.

XIII

KOWNO.

Castagnette entra à Kowno en même temps que Ney. Le maréchal y arriva seul avec ses aides de camp; il y trouva quatre cents hommes commandés par le général Marchand, et trois cents Allemands. Il prend le commandement de cette petite garnison et court à la porte de Wilna que les Russes attaquent. Les pièces sont enclouées et les artilleurs ont pris la fuite; un seul canon est intact : Ney le fait traîner devant la porte de la ville, en donne le commandement à Castagnette et court chercher les Allemands. Leur chef se brûle la cervelle et les voilà tous en déroute; impossible de les rallier. Le maréchal ramasse un fusil, et, redevenu grenadier, avec l'aide de trente hommes et de quelques officiers, il garde jusqu'au soir la porte de Wilna, résistant aux efforts de l'armée ennemie.

Honteux d'être ainsi arrêtés par une poignée de braves, les Russes lancent quelques bombes pour incendier la place. La première est pour notre pauvre capitaine; il la reçoit dans le dos, qu'il présentait courageusement à l'ennemi, elle s'y loge et brise le bras qui lui restait.

On ne reçoit pas une bombe dans le dos sans horriblement souffrir; aussi Castagnette jetait-il les hauts cris. Ney, qui a apprécié le courage du brave mutilé, s'approche de lui.

« Ah! mon maréchal, quel malheur!... moi qui ai toujours eu tant de chance,... être blessé dans le dos comme un lâche!... Je ne m'en consolerai jamais.

— Vous auriez tort, capitaine; je me connais en bravoure, et, croyez-moi, il n'est personne qui ne fût fier de recevoir une pareille blessure.

— Vous dites cela pour me consoler, mon maréchal; mais me voilà déshonoré. »

Un chirurgien fut appelé; il déclara que l'extraction de la bombe pourrait entraîner la mort. Castagnette rentra donc en France avec deux jambes de bois, deux bras de moins, un estomac de cuir, la tête à l'envers, le visage en argent et une bombe dans le dos.

XIV

Depuis ce dernier événement, Castagnette, qui n'avait jamais perdu sa bonne humeur, devint sombre. Il n'osait plus se présenter nulle part dans la crainte de passer pour un lâche. Quelques camarades s'émurent de cette mélancolie et allèrent trouver le brave Ney, le priant de faire donner la croix à leur ancien capitaine; mais les tristes événements de l'année 1813 ne permirent pas au maréchal de rappeler à Napoléon son ancien ami de 1799.

Castagnette se retira dans une petite maison de campagne à Vincennes. Il prenait plaisir à suivre les travaux de l'arsenal qui fournissait à toutes les opérations militaires. C'est là qu'il se lia avec le général Daumesnil, mutilé comme lui, alors commandant de la forteresse.

Ces deux hommes étaient bien faits pour se comprendre.

C'est de Vincennes que ces glorieux débris de l'Empire suivirent les événements tour à tour si héroïques et si tristes qui s'accomplirent en 1813 et 1814 : la défection de la Prusse et de l'Autriche, la bataille de Lutzen (2 mai 1813), celle de Bautzen

(20 mai), la mort du grand maréchal Duroc (22 mai 1813), la bataille de Leipsick (19 octobre 1813), la mort de Poniatowski (19 octobre 1813), la retraite d'Espagne, la capitulation de Dantzick et l'envoi, au mépris des termes de la capitulation, de ses vingt mille défenseurs en Sibérie; la défection de Murat, les batailles de Brienne (29 janvier 1814), Champ-Aubert (10 février); les combats de Montereau, de Montmirail, de la Fère-Champenoise, la capitulation de Paris (30 mars 1814), et tant d'autres désastreuses victoires et glorieuses défaites.

XV

VINCENNES.

1814.

Daumesnil vit l'étranger entourer sa forteresse.

« Ma foi, mon général, je crois que mon vœu le plus ardent va s'accomplir. Je ne suis plus bon à rien; tout ce qui se passe me met du noir dans l'âme, et j'ai toujours eu envie de savoir quelle impression ressent l'homme qui se trouve lancé à une centaine de pieds en l'air. Comme je ne pense pas que votre intention soit précisément de tirer le cordon à des braillards qui demandent aussi grossièrement qu'on leur ouvre, je viens vous demander.... mais vous ne voudrez pas....

— Enfin, parle, que veux-tu? reprit Daumesnil.

— Non, ce serait vous priver, peut-être.... et puis c'est trop indiscret.

— Tu désires mettre le feu aux poudres, n'est-ce pas?

— Général, vous avez lu dans mon cœur comme dans un livre. Pendant que vous ferez la causette avec ces enragés, laissez-en entrer le plus possible, et je vous promets d'entonner en leur honneur un morceau à grand orchestre qui dégourdira

les jambes des moins ingambes : quelque chose comme un coup
de tonnerre avec accompagnement de Vésuves en éruption. »

Après un moment de pourparlers, Daumesnil céda à son
ami le poste d'honneur qu'il s'était réservé.

Avant de s'y rendre, Castagnette voulut voir l'ennemi et
monta sur les remparts.

« Eh! là-bas!... cria-t-il à un officier prussien qui s'agitait plus que les autres, que voulez-vous?

— Parbleu!... qu'on nous ouvre.

— Le ventre?

— Eh! non, la porte.

— Ah! alors ce n'est pas ici; frappez à côté.

— Laisse-moi faire, dit à Castagnette Daumesnil qui venait de descendre; rends-toi à ton poste pendant que je vais recevoir le commissaire extraordinaire qui m'est envoyé par les alliés. »

Le commissaire fut introduit.

« Puis-je savoir, monsieur, ce qui vous amène, ainsi armés, sous les murs de Vincennes?

— Nous venons vous sommer de rendre la place, et, en cas de refus....

— Un refus, comment donc! Vous ne venez pas, je pense, sans un ordre écrit m'invitant à vous ouvrir mes portes?

— En effet, cet ordre, le voilà, et je suis heureux de voir que vous ne songez pas à résister.

— Il y a sans doute erreur, interrompit Daumesnil, et vous me donnez une pièce pour une autre; celle-ci ne me concerne pas. Cet ordre est signé : Alexandre et Frédéric-Guillaume, et je ne connais pas d'autre maître que l'empereur Napoléon Ier.

— Napoléon n'est plus empereur; l'usurpateur est en fuite; vous feignez de l'ignorer.

— Je l'ignore en effet, et, jusqu'à preuve du contraire, vous trouverez bon que je ne rende la place qu'à celui qui me l'a confiée.

— Nous vous ferons sauter alors, prenez-y garde.

— Pardon, monsieur, reprit le général avec calme, mais vous me paraissez oublier que je suis encore ici chez moi, et qu'il appartient à moi seul d'en faire les honneurs. J'aurai donc le plaisir de vous faire sauter; je m'entends mieux que vous à cette besogne.... Nous sauterons de compagnie, si vous le voulez bien. »

Cette proposition, dans la bouche du général Daumesnil, n'était pas une menace banale. Tout le monde connaissait le courage indomptable de celui qui avait été proclamé *brave* à Saint-Jean d'Acre; aussi un frisson parcourut-il la foule.

« Songez, général, reprit le commissaire extraordinaire, que toute résistance de votre part est inutile. Que nous sautions ou ne sautions pas, la France n'en est pas moins en notre pouvoir; que Vincennes soit debout ou en ruines, la cause que vous défendez n'en est pas moins perdue.

— Je vois que vous ne paraissez pas attacher une grande importance à ce que je me déshonore oui ou non; vous ne trouverez pas extraordinaire que je n'en fasse rien. Retournez auprès de vos maîtres, et dites-leur que je rendrai la place quand ils m'auront rendu la jambe qu'un de leurs boulets m'a enlevée à Wagram. »

Et, du bout de sa canne, Daumesnil montra la porte au parlementaire furieux.

XVI

Revenons à notre brave ami Castagnette qui était allé attendre les événements auprès de dix-huit cents milliers de poudres. Quelques forcenés s'étaient mis à la recherche des magasins pour s'en emparer; il entendit le flot populaire s'engouffrer dans les escaliers, rouler de marche en marche, et venir se heurter contre la porte.

« Allons, allons, voilà le moment venu; il s'agit de bien faire les choses. Tâchons d'amuser ces enfants pour laisser à la foule le temps d'entrer.

« Que voulez-vous? » cria le capitaine par le trou de la serrure.

En entendant cette voix qui leur indiquait que la porte était gardée, quelques badauds commencèrent à réfléchir, et remontèrent l'escalier avec plus d'empressement encore qu'ils ne l'avaient descendu.

« Nous venons au nom du Gouvernement pour nous emparer des poudres.

— Eh bien! emparez-vous-en.

— Vous ne voulez pas ouvrir?

— Avez-vous un ordre du général commandant?

— Ouvrez, nous vous le remettrons.

— Camarades !... cria Castagnette de sa voix la plus forte, pour faire croire qu'il n'était pas seul, à vos postes!... préparez vos mèches, placez-vous à l'entrée de chaque caveau et n'oubliez pas que la patrie a les yeux sur vous! »

L'escalier se remplit de nouveaux fuyards; mais il restait toujours là une trentaine d'hommes déterminés qui commencèrent à se servir de leviers pour forcer la porte du caveau.

« Si ce n'est pas désolant de penser qu'il y a des braves pour servir les plus mauvaises causes. Tâchons de gagner du temps; chaque minute m'amène une centaine de pratiques nouvelles et je veux mourir en grande compagnie. »

Un des gonds cédait déjà.... Castagnette glissa une de ses jambes de bois sous la porte pour la consolider quelques minutes de plus; mais enfin, sous la pression formidable qu'il avait à soutenir, le panneau céda, brisant en tombant les deux jambes de notre brave capitaine.

Il lui était impossible de se relever, une de ses jambes avait deux pieds et l'autre sept pouces. Il se roula alors jusqu'à un monceau de poudre, s'y plongea comme dans un bain, et certain alors de réussir, il se mit à crier : « Vive l'Empereur! » comme s'il avait eu dix voix à lui tout seul.

Il fut bien vite entouré.

« N'approchez pas!... n'approchez pas.... mille millions de cartouches! ou je vous renvoie au premier étage plus vite que vous n'en êtes descendus. Ah! vous voulez déshonorer de brave poudre française, en vous en servant contre des Français!... Ça ne sera pas; c'est moi, le capitaine Castagnette, qui vous le dis, car vous allez finir avec elle. »

Cet être bizarre privé de bras et de jambes, ce tronc difforme, ce je ne sais quoi qui se démenait, présentant pour sa défense un tronçon de jambe de bois, fit reculer les plus résolus. N'était-ce pas un être fantastique qui se roulait ainsi dans l'obscurité, n'ayant d'humain que la voix, et disposant d'une force plus grande que celle du tonnerre?

Castagnette s'enfonça dans la poudre jusqu'au menton; sa

pipe, qu'il tenait entre les dents, projetait à chaque bouffée des lueurs étranges sur son masque d'argent couvert de pierreries; chaque aspiration, en ranimant le foyer de cette terrible pipe, faisait briller, comme une apparition de l'autre monde, cette tête de métal qui rentrait aussitôt dans l'obscurité.

A cette vue, les plus braves sentirent leurs jambes trembler et leur langue se glacer.

« Je vous donne deux minutes pour crier : Vive l'Empereur! Si l'un de vous hésite, je laisse tomber ma pipe, et.... »

Trente formidables cris de : Vive l'Empereur! retentirent aussitôt, en dépit des langues paralysées; les plus troublés eux-mêmes retrouvèrent leurs jambes pour fuir, et ce n'est que lorsqu'ils furent bien loin de la forteresse qu'ils cessèrent leurs cris de : Vive l'Empereur!

Daumesnil rencontra les fuyards dans l'escalier; ce fut pour eux l'occasion de recevoir quelques coups de canne dont ils n'avaient pas besoin, cependant, pour presser le pas. Après avoir congédié le commissaire extraordinaire, le général s'était rappelé les ordres donnés à Castagnette, et il courait aussi vite que le lui permettait sa jambe de bois pour empêcher une catastrophe.

« Castagnette!... arrête, Castagnette!... c'est moi, Daumesnil.... Où es-tu?

— Par ici, mon général. Vous arrivez à temps.

— Qu'est-ce que tu fais là?

— Je prends un bain de poudre pour ma santé. Quand vous êtes venu, j'allais le réchauffer en y laissant tomber ma pipe.

— Pas de bêtise!... Tiens-la bien, au contraire. Lève-toi avec précaution et suis-moi.

— Je suis bien fâché de vous désobéir, mon général, mais cela m'est impossible, vu que j'ai les deux jambes cassées. »

Daumesnil préoccupé, oublia un instant que Castagnette
avait deux jambes de bois :

« Ils t'ont casse les jambes, les brigands?... Nous les leur
ferons payer cher. Je vais t'envoyer un chirurgien.

— Si cela vous est égal, mon commandant, j'aimerais autant

un menuisier. Un coup de rabot et quelques clous sur mes blessures me feraient le plus grand bien. »

Daumesnil rit de sa méprise, et, dix minutes plus tard, Castagnette, porté en triomphe, traversait les cours de la forteresse, salué par les vivat de la petite garnison.

XVII

DÉPART POUR L'ILE D'ELBE; RETOUR DE L'ILE D'ELBE; WATERLOO.

20 avril 1814; 1er mars 1815; 18 juin 1815.

Vous lirez dans des livres sérieux, mes chers enfants, cette campagne de France plus glorieuse pour les vaincus que pour les vainqueurs; vous serez émus, comme nous l'avons tous été, au récit de ces désastres, et vous ne pourrez pas vous empêcher d'admirer Napoléon au moment de sa chute.

Castagnette voulut suivre son empereur à l'île d'Elbe; mais Daumesnil lui fit comprendre qu'il serait un embarras et non un aide; qu'il ne fallait à Napoléon que des gens valides et prêts à tout. Castagnette se résigna, et resta enfermé chez lui jusqu'au jour où il apprit que Napoléon avait débarqué, le 1er mars, au golfe Juan.

« Je savais bien que cela ne pouvait pas finir comme ça! s'écria notre ami, des larmes de joie dans les yeux. Allons, mon vieil uniforme, tu vas revoir le grand jour. Il y a long-temps que tu n'étais sorti. »

Le 6, Napoléon quittait Gap pour Grenoble, dont la popu-

Il s'arrêta devant un rhinocéros. (Page 69.)

lation électrisée lui apportait les portes, à défaut des clefs; le 9, il occupait Bourgoing; le 10, il entrait à Lyon à la tête de l'armée envoyée pour le combattre; le 20, à neuf heures du soir, l'exilé rentrait empereur à Paris, porté en triomphe par la multitude.

En quelques mois, Napoléon reforme une armée et tombe à l'improviste sur les forces alliées qui se concentraient en Belgique.

En apprenant le départ de l'Empereur, le vieil instinct guerrier de Castagnette se réveilla. Il

y avait là un assortiment d'Anglais, de Prussiens, de Hollandais, de Saxons, à faire venir l'eau à la bouche; impossible de résister à une pareille tentation. Mais comment se rendre utile, mutilé comme l'était notre capitaine? Une promenade qu'il fit au jardin des Plantes lui en fournit les moyens.

Depuis une heure il regardait les animaux, enviant la trompe de l'éléphant, à défaut de bras; les échasses de l'autruche ou les ailes de l'aigle, à défaut de jambes. Il s'arrêta devant un rhinocéros qui venait d'arriver d'Afrique et qui partageait alors avec la girafe toutes les faveurs du public.

« Voyez-vous, madame Potin, disait un honnête bourgeois

à sa voisine, ces animaux-là ont toute leur force dans le nez : comme le bœuf dans le cou et le cheval dans les reins. C'est une fort méchante bête; aussi l'a-t-on appelé le *rhinoféroce*. Comme il n'a à sa disposition ni bras ni jambes pour combattre, la nature, cette mère toujours prévoyante, lui a mis ce petit instrument sur le bout du nez, et il s'en sert pour frapper ses ennemis sous le ventre. »

Cette démonstration fut pour Castagnette un trait de lumière.

« Je n'ai, comme le rhinocéros, ni bras ni jambes pour attaquer mes ennemis, qui sont ceux de la France; ce qui me

manque, je vais me le procurer; et en avant le rhinocéros de la grande armée!... »

Castagnette passa chez un armurier et lui dit : « Faites-moi un joli petit casque bien léger, prenant exactement la forme de la tête; matelassez-le bien à l'intérieur, ajustez-y des gourmettes et surmontez-le, comme d'un paratonnerre, d'une forte lame quadrangulaire bien aiguë, de sept pouces de long. »

Lorsqu'il fut ainsi équipé, Castagnette alla trouver son ancienne connaissance de Kowno, le maréchal Ney, et lui demanda la permission de le suivre en amateur. Le brave capitaine fut bien accueilli, et, le

L'animal fit un bond qui désarçonna Wellington. (Page 73.)

15 juin, il arrivait aux Quatre-Bras, à cinq lieues en avant de Charleroy.

« Il faut avouer que le sort a parfois de drôles de fantaisies, se disait Castagnette en partant : si je meurs dans la prochaine affaire, on mettra sur mon tombeau :

CI-GÎT

LE CAPITAINE CASTAGNETTE,

CUL-DE-JATTE,

MORT AUX QUATRE-BRAS. »

A Ligny, notre ami, pour se mettre en train, éventra, à la façon du rhinocéros, six Anglais, trois Prussiens et deux Saxons. Il n'avait jamais été si joyeux.

Quelques jours après eut lieu la désastreuse bataille de Waterloo. Jamais l'enthousiasme des troupes ne promit un plus beau succès, et si la trahison et la fatalité n'étaient pas venues prêter leur aide à nos ennemis, c'en était fait de Blücher et de Wellington. C'est à ce dernier surtout que Castagnette en voulait, et peu s'en fallut que notre capitaine ne changeât la face des choses. A l'attaque de la ferme de la Haie-Sainte, il s'approcha, dans la mêlée, du général anglais, se glissa sous son cheval, et lui enfonça la lame de son casque dans le ventre. L'animal fit un bond qui désarçonna Wellington. C'en était fait de notre plus mortel ennemi, sans le général Pirch, qui le dégagea. Castagnette s'élance sur ce dernier et l'étend mort à côté du cheval du héros qui prit la place si longtemps occupée par Marlborough dans le Panthéon de l'Angleterre.

Quelques heures plus tard, grâce à l'inaction du maréchal

Grouchy, tout tourne contre nous. Blücher, à la tête de trente mille Prussiens, avait fait sa jonction avec Wellington : le plus grand désordre se met dans les rangs français, le cri fatal de : Sauve qui peut! est poussé par quelques traîtres, la déroute commence. Les huit bataillons de la garde, que soutenaient Cambronne et le maréchal Ney, sont entraînés à leur tour par la masse des fuyards. En vain Napoléon se jette au milieu d'eux, l'obscurité empêche de le voir, le tumulte couvre sa voix. Alors le prince Jérôme s'écrie : « Ici doit mourir tout ce qui porte le nom de Bonaparte! » L'Empereur le comprend, il met l'épée à la main et cherche la mort, que ses généraux écartent malgré lui. Cependant un soldat anglais blessé, le voyant passer, se relève à moitié, saisit un pistolet et l'ajuste; le coup part, mais ce n'est pas Napoléon qui le reçoit; Castagnette avait eu le temps de couvrir l'Empereur de son corps. Il reçut la balle en pleine poitrine; elle se logea dans son estomac de cuir, d'où notre ami la fit retirer, et, l'offrant à Napoléon en souriant :

« Elle vous était destinée, sire, acceptez-la.

— Volontiers, reprit l'Empereur, et je ne pense pas la payer trop cher en te donnant ceci en échange. »

Et il tendit à notre ami la croix qui brillait sur sa poitrine. Castagnette couvrit de baisers la main de Napoléon. Le casque étrange du capitaine frappa seulement alors l'attention de l'Empereur.

« A quel régiment appartiens-tu donc?

— Ne cherchez pas, sire, c'est moi qui suis tout le régiment. Appelez-le, si vous voulez : les culs-de-jatte de la garde: il n'a jamais tourné les talons celui-là. »

L'Empereur reconnut alors son ancien ami d'Egypte et du Directoire, et lui attacha sa croix sur la poitrine.

« Ce n'est plus votre Castagnette d'autrefois, sire; on vous l'a tout dépareillé; il n'y a que le cœur qui est toujours resté le même, tout à vous.

— Si des jours meilleurs peuvent jamais recommencer pour moi, à revoir, mon brave Castagnette; adieu! si le ciel m'entend, si la mort ne se joint pas à ceux qui me trahissent aujourd'hui et me frappe sur ce champ de bataille. »

Castagnette ne revit plus Napoléon.

XVIII

RETOUR DE NAPOLÉON A PARIS; ABDICATION;
MORT DE NAPOLÉON.

21 juin; 22 juin; 29 juin 1815; 5 mai 1821.

Ce n'est pas ici la place de vous conter, mes enfants, les
tristes événements qui furent la conséquence de la perte de la
bataille de Waterloo. Cependant, permettez-moi de vous rappeler en peu de mots que, le 21 juin, l'Empereur rentra à Paris
et trouva l'opinion soulevée contre lui. Les pouvoirs publics
exigèrent qu'il abdiquât, et, le 29, il s'éloigna de Paris. Il prit
la route de Rochefort, d'où il espérait passer en Amérique; mais
une croisière anglaise l'en empêcha. Il crut pouvoir se placer

sous la sauvegarde des libertés britanniques, et chercha asile
sur un vaisseau anglais; mais on le considéra comme prison-
nier, et on le conduisit à Sainte-Hélène, où un climat meur-
trier vint hâter les funestes effets du chagrin qui l'accablait.

Castagnette se retira aux environs de Paris. Il ne voyait que
son oncle et quelques anciens amis du champ de bataille. Ils
attendaient le retour de Napoléon, et, à chaque instant, quelque fausse nouvelle venait leur faire battre le cœur; mais, cette
fois, les Anglais avaient bien pris leurs précautions : jamais geô-
liers ni bourreaux ne remplirent mieux leurs fonctions que sir
Hudson Lowe.

Il faut maintenant, mes enfants, que je vous conte comment
mourut le pauvre capitaine. Je ne le ferai pas sans émotion,
car j'avais pour lui une affection toute filiale.

Un soir, c'était le 5 mai 1821, il dormait près du feu, fai-
sant sa sieste et rêvant de ses glorieuses campagnes. Ses pauvres
jambes de bois étaient posées sur les chenets.... soudain, le feu
y prit sans qu'il s'en aperçût. Il rêvait de ce siége de Toulon
où il avait subi sa première amputation, de l'Italie où il avait
perdu son visage et ses deux jambes. Le feu gagnait toujours
et attaqua l'estomac de cuir, présent de Desgenettes. Le vieil
officier sentant la chaleur approcher, rêvait de cette terre
d'Égypte où il avait laissé ses entrailles et reçu ce visage d'honneur qui l'avait rendu si fier. Mais le feu montait, montait toujours sans qu'il s'en aperçût, dévorant un à un tous ces tro-
phées postiches, gages de sa bravoure et de son dévouement;
et le pauvre Castagnette rêvait de cet incendie de Moscou qui
avait été suivi de si épouvantables catastrophes.

Tout à coup, une effroyable explosion se fit entendre.... le feu venait de faire éclater la bombe que le brave vétéran avait depuis tant d'années dans le dos. Ce bruit le réveilla, mais trop

tard. Ses membres étaient réduits en poussière impalpable; sa croix seule était intacte, et le brave officier, que rien n'avait pu émouvoir jusque-là, mourut de surprise en se voyant ainsi mutilé.

FIN.

La croix seule était restée intacte. (Page 78.)

PARIS. — IMPRIMERIE DE CH. LAHURE ET Cie

Rues de Fleurus, 9, et de l'Ouest, 21

www.ingramcontent.com/pod-product-compliance
Ingram Content Group UK Ltd.
Pitfield, Milton Keynes, MK11 3LW, UK
UKHW021434090726
13657UKWH00003B/1076